una colección de historias cortas

Michelle López

LolaMento

Lolamento LLC
cuentaloconunrefran@lolamento.com
Moca, Puerto Rico
ISBN: 978-1-7334907-0-2

A Tiffany, mi motivación e inspiración.

A Kathrine y Derrick, mis editores no oficiales.

A Amanda, mi editora oficial.

A Javier, mi gran amor.

A Allison, mi "cheerleader".

A mami y papi, mi motor y "power steering".

A mi audiencia y lectores, que me empujan a seguir creando.

A mis musas, Lola y Dalia, la que quería escucharme leer y la que me dijo que fuese escritora.

A ustedes, ¡gracias!

Historias

"Detente animal feroz,

pon el hocico en la tierra,

que primero nació Dios,

antes de que tú nacieras".

El nudo

Tengo un nudo en el estómago. Como ese que tienes antes de coger un examen crítico, de cuando te dejan, igual que cuando eres el próximo por presentar una oratoria o como cuando quedas embarazada a los 19. Tengo un nudo... ahí, como cuando tienes un mal presentimiento. Llevo horas con esta ansiedad, y siento mi espalda quejarse de ello. Como cuando los más mayorcitos te dicen: "tengo un mono trepa'o". Y es que, sí, se siente un peso ardiente que comienza en los hombros y va bajando, así, diligente por mi espina dorsal. Estiro mi espalda y me siento derecha, como si mi balance desbalanceará el mono entrometido que no se quiere bajar.

Miro a mi alrededor, y veo la vida pasando. Mi hija buscando cuanta madre existe en la cocina para hacer un poco de *slime*, mientras la tipa del televisor le explica que eso lo logra hasta con agua con sal. Lo veo en cámara lenta, me voy adentrando en su voz, quiero capturar toda palabra, y me pierdo en el movimiento giratorio del líquido de fregar mezclado con enjuagador bucal.

"Mami, ¿me prestas este bowl?", preguntó mi nena con su dulce y finita voz. Despierta mi concentración masiva, mientras estoy inclinada en la silla y, entonces, el dolor de cabeza explota. Le digo que sí con la cabeza porque ni quiero hablar... pero es que no puedo hablar. Y ella, con brincos afectuosos se devuelve a su lugar. Verifico mi celular que vibra, y aún no son las 7 de la noche. Trago, y escucho el microondas sonar: ya la sopa está. Como.

"Se te va a enfriar la sopa. Ya mismo tienes que prepararte para dormir; deja el juego", le digo. Dice que sí con un gesto mientras derrama el detergente líquido para colarlo con la pega. Sigo mirando el video que me llama a mirarlo pero no me quita la ansiedad. Veo, con el rabo del ojo, que ya está recogiendo. Escucho, desde la silla, el agua cayendo en el fregadero y la llamo para saber qué hace.

"Estoy fregando". Después de 3 años insistiendo para que recoja después de jugar, parece que hoy el mensaje ha llegado. Se sienta a comer y como tierna que es me dice: "Qué buenas te han quedado las sopas hoy. Quiero más. Siempre quedan buenas, pero hoy más de lo normal". Sonrío y le doy una mirada traviesa mientras su cuchara viaja a encontrar su boca. Me consuela, pero el nudo sigue ahí. Latente. ¿Será la llamada de ese pariente en la tarde la que me puso mal? ¿Será que estoy agotada y solamente queda una semana para vacaciones y, aún, tres semanas de trabajo? ¿Será el compartir con mis más allegados y con extraños lo que estoy a punto de lanzar? ¿Será que me falta alguien con quién compartirlo? ¿Será inseguridad? ¿Miedo?

Me recuesto en la cama a lo que mi hija coje el sueño. Hay tantos miedos cuando somos chicos y un cuerpo caliente al lado de uno parece que bloquea cierta animosidad. Se duerme; la escucho roncar. Ronquidos divinos que a veces balbucean palabras sin ningún sentido.

Camino a la sala, prendo la computadora; son las 9 y debo completar 3 verificaciones. Ni la computadora ni el Internet quieren cooperar. Le escribo a él y a ella. A las rocas durante estos días, porque una semilla para florecer también necesita sus rocas: no todo es agua y sol, demasiado de eso y se muere, necesita sombra y otro método de absorción. Sin embargo, aún después de hablar con ellos, el malestar no cesa.

Veo el papel... me llama... ¿no fue por eso que empecé este megollo en primer lugar? Apago la computadora, que no coopera, y camino hacia las hojas en blanco, lúcidas, tiernas, desnudas, esperando a ser arropadas. Las empiezo a decorar. Mientras el lápiz se va desplazando, el nudo se va desatando: como cuando terminas el examen y lo entregas, te vuelves a enamorar, presentas tu oratoria o le cuentas del embarazo a tu mamá. Y, es que, al menos, mientras tu lápiz esté ahí dibujando, entreteniendo tu yo y tu todo, mientras te entregas a unas letras y te hacen el amor como aquella vieja chispa, que nunca llegó a nada, el mono no puede contigo ni tú lo dejas. Recuerdo por qué decidí intentarlo; por qué arriesgué el ser vista, por qué grité a lo alto, sin temor, ¡mentira!, con temor de ser escuchada, pero segura. Respiro, y ¡qué ironía!, tantos versos que en los últimos meses he entonado, y hasta a mí, a veces, se me olvida que: no hay mal que dure cien años, ni cuerpo que lo resista.

11

La muñequita dorada

Tenía 6 años. Mi cabello era largo y dorado como el de las muñecas de porcelana en la casa de mi tía abuela. Todo el mundo siempre acariciaba mis rizos como si de alguna manera mi cabello le ofreciera un modo de paz.

La nena cana del pelo largo
La muñequita dorada
La canita risueña
La de la cola de caballo

Mas, no todo siempre es felicidad: aún cuando se tiene 6 años y no hay preocupaciones mayores colándose por la ventana. Mis mayores temores eran que se me rompiera la crayola en medio de la faena, que no me diera tiempo de llegar al baño y mojara mis calzones, o que no hubiese jugo a la hora de la merienda. Pero cuando entras a primaria con tantas cabezas cabelludas suceden cosas que no olvidas jamás.

El patio lo compartía con otros chiquillos panzudos y enclenques que, por primera vez, se le caía un diente. Pero compartía mucho más que solo el patio; gérmenes, historias, risas, siestas y monstruos. Estos últimos... los que marcan tu vida para siempre-- de tal forma que 23 años más tarde todavía los recuerdas.

No sé cómo pasó, pero se metieron a mi cabeza. Me ardía, lo sentía. Me rascaba para minimizar la picazón, pero eso lo empeoraba. Mi maestra se dio cuenta que algo me molestaba porque habló con mi madre. La cara de ella era de espanto. ¡Ay, qué grave son esas caras a los 6 años! Recuerdo que ese día mi madre fue a la farmacia y le habló en voz baja al farmacéutico. Él le entregó un pote blanco gigante y un peine de dientes finitillos.

"Tu cabeza dorada ya no estará habitada por monstruos", me dijo con una sonrisa.

¡Monstruos! ... mi mamá había dicho ¡monstruos!

Esa noche me lavó el pelo con el pote gigante y me lo peinó con la peinilla mágica-- decía ella-- pero debió haber dicho diabólica porque las lágrimas que brotaron de mis ojos esa noche fueron más que suficiente.

Mi madre ahogaba los monstruos en un vaso transparente. Eran muy pequeñitos. Diminutos. Parecían más hormigas que monstruos. Tenía que ser el dolor que producían al tratar de exterminarlos lo que hacía que fueran monstruosos. Esa noche dormí con sábanas nuevas y pensé que los monstruos no habían sido tan tenebrosos como los había imaginado. Hasta me atreví a reirme de los pequeñines que no sabían nadar-- eso fue antes de lo que pasó una semana después.

A pesar de los intentos de mi madre, los monstruos volvieron a invadir mi cabeza. ¡Los canallas! Vi a mi madre rascarse su propia cabeza mientras casi lloraba al hablar con la maestra. Sin embargo, le dio una mirada alentadora al final de la plática como quien dice *no se preocupe, yo me encargo.* Mas yo no sabía qué significaba eso. Jamás lo vi venir. Llegamos hasta casa de mi abuela. Salté de la emoción-- abuela con olor a sofrito, galletas y polvo de cara. Le di un abrazo y no vi los gestos que mi mamá le hacía.

"Ay, mijita", me decía mi abuela con pena.

Sacó un envase de cristal con un líquido transparente. Olía a mollejitas con guineitos en escabeche en las Navidades. Me llevó al baño donde sacó una tina de metal. Me metió adentro y me tiró el líquido apestoso en la cabeza. Mis pobres fosas nasales se irritaron y no me atreví a parpadear ni por curiosidad.

"No te muevas ni pa' los santos", me dijo mi abuela.

Sentí algo frío chocar con la parte trasera de mi cuello. Pensé que a los 6 años había llegado mi final. Tragué y escuché un "chaz". Mis ojos abrieron y resplandecieron como dos antorchas y solté un pequeño grito.

"Estate quieta, nena", me gritó. Aunque le hice caso, mis ojos no se quedaron estáticos y comenzaron a llorar. Lágrima tras lágrima, como si hiciesen carreras. ¡Mi pelo! ¡Mis rizos! ¡Mi cabello! ¡Mi adorado! MONSTRUOS VILES QUE HABÍAN ACABADO CON LA ERA DE LA MUÑEQUITA DORADA. Y en mi mentesita de chica abatida, recordaba cómo miraba a los avechuchos ahogándose la semana anterior y sentía una fuerza de grandeza y dominio. Hasta me reía de la suerte de los pequeños demonios que chupaban mi sangre para sobrevivir. Y luego de una semana, ya no reía-- lloraba, como Magdalena, mientras veía mi pelo caer al suelo y la cara de mi mamá como boba diciéndome: "Eso no es na'".

Y, ahora, de grande, que lo pienso, que recuerdo a los piojos infames y delincuentes apropiándose de terrenos que no les correspondían, creo que si pudiesen articular una que otra palabra, le dirían a mi versión de niña de seis años-- aún en la cúspide de su muerte, viajando por el chorro de vinagre hasta aterrizar en la tina-- con tono de venganza: quien ríe último, ríe mejor.

La china y el melón

¿Alguna vez te haz comido una fruta que no hayas pelado tú? ¿Como la china que tu papá mondó? ¿O, como el mangó que tu hermana cortó en veinte pedacitos y te dio la mitad? ¿Te la comes con más ganas? ¿Te la saboreas igual? ¿Como si hubieses sido tú quien la hubiese pelado? ¿Como el guineo que solo requiere un jaloncito o la manzana que ni lo requiere?

Pues, aquí me encuentro con un kiwi, preguntándome si el cuchillo que tengo en mis manos será suficiente o qué pasaría si muerdo la textura peluda. Tanto pensamiento en una fruta, es que tantas frutas... colores, sabores, texturas, tamaños... y una boca, o dos o tres. Si así como le dices a tu mamá que te corte el melón como solo ella lo sabe hacer, pudieras decirle que te ayude con la entrevista, el ensayo que debes entregar mañana o te dé un *la* de qué escoger (que te corte la fruta y tú te la saborees). Y es que, en momentos como los de hoy, una fruta y su complejidad, parece una buena ruta para desviar la atención de lo que tienes que hacer. Te preguntas cómo llegaste aquí. ¿Qué debes hacer? ¿Pelar la fruta? ¿Pagar porque te la pelen? ¿Dársela a tu papá? ¿Quedarte con las ganas?

Qué verde se ve este kiwisito mientras el cuchillo se cuela por su medio y mi boca frota levemente los pellejos marrones. ¿Seré yo como esa cáscara o seré como la fruta fresca debajo de ella? Bueno, aquí me encuentro como tonta pensando en las entrañas de una fruta en vez de hacer lo que debo. Y, ¿qué debo hacer? Miro el celular y mi mamá aún no me contesta. Ella sabría qué hacer. Siempre sabe qué hacer. Ojalá hubiese aprendido a cortar el melón como ella. Cuando eres pequeño y no sabes, todo parece tan fácil. Si mami y papi lo saben hacer, yo también podré hacerlo. ¡Qué fácil será! ¿Por qué nadie te dice la verdad? Y, ¿por qué dejo todo para lo último? Hace días debí haberle escrito a mi mamá, o llamarla, preguntarle cómo caray se pela una china. Pero no, lo dejo para el último minuto, como todo... como este kiwi apunto de expirar a una mejor vida. Verde, verde, tan verde que lo dulce parece amargo, y la cáscara me deja un ardor. Escupo lo que me eché a la boca. ¡Qué jodienda! Ni un kiwi puedo mondar y comerme en paz. Me están sudando las manos, y me están dando nervios, faltan 10 pa' las 12. ¿Por qué mami no contesta? Ya van dos horas desde que le escribí.

Decido llamarla...

...ring... ring... ring... ring...

-¿hello?
-Mami, ¿estás ocupada?
-Sí, ¿qué pasó?
-¿Viste mi mensaje?
-No, déjame ver.

Silencio. Espero.

-¿Qué quieres hacer?- me pregunta

Respiro hondo.

-No sé. Por eso te pregunté.
        -No puedo decidir por ti.
-Mami, por favor, una última vez. Pélame la china.
        -¿Qué?

...

    -Mami, por favor, no sé qué hacer.
        -No puedo, Mimi, te toca a ti decidir. Es
        tu futuro, no el mío.

Respiro hondo.

    -Está bien. Bye. Bendición.
        -Dios te bendiga.

Cuelgo. ¿Ella se sentiría así de insegura cuando me cortaba el melón? ¿A papi le sudarían las manos cuando me pelaba la china? Es que lo recuerdo:
-Mimi, tienes que aprender a mondar chinas. Yo no te voy a durar toda la vida.
-Ay, papi, ya aprenderé. Hoy última vez, promesa.

Qué rápido se rompen las promesas. Bueno, ¿se rompen? ¡Qué lento se cumplen! Porque al menos, me compré una máquina de esas, de las que lo hacen por ti; de las que te dan una mondá perfecta. Ja! ... Ahhhh.... 12:03 pm... Ahhhh... lo olvidé.

Marco el número, con un taco en la garganta... si no hubiese escupido el kiwi, juraría que lo estaba devolviendo.

-Buenas tardes.

-Si, buenas. Habla Miranda Cabán. Estoy llamando con respecto al email que recibí hace unos días para la posible admisión a la Escuela Culinaria. En estos momentos curso la escuela de ingeniería y no ha sido fácil saber si quiero dar ese cambio. Pero he estado pensando y...

Hay demasiado silencio.

-Señorita Miranda, ¡qué gusto que llamó! Pero debo decirle que evaluaban 5 candidatos, con cabida para 3. Le hemos dado prioridad a los 3 primeros en responder. Si existe cualquier eventualidad, la llamaremos.

-Es que quería estar segura, que estaba lista. No quería decepcionar a nadie.

-Entiendo. Pero es un campo muy competitivo. Quizá es una señal, puede volver a intentarlo el próximo año. Le deseo el mayor de los éxitos. Gracias.

Cuelga...

Algo me golpea el corazón.

-¿Un limón?- ¿Cómo en la bomba?
-¿Un mangó?- ¿Cómo en el cuento?
-¿Un kiwi?- ¿El que escupí?

¡Contra! Es que todo este tiempo ofuscada pensando en frutas, olvidé que, a veces, es mejor hacerle caso a los mariscos... porque camarón que se duerme se lo lleva la *CORRIENTE.*

<<"Mami, ¿por qué estiras tu pelo?"

"Tu abuela me hacía tantos cadejos de chiquita que me empaché". >>

... *todo en exceso hace daño...*

23

El Chuny

Yo no soy de esas que andan por ahí con cuentos; de esas que, por llamar la atención, inventan cualquier alboroto. ¿A costa de qué? Pero hay muchas, y muchos, que alborotan el hormiguero solo por ver a los pequeñines insectos correr como locos: como quien pierde a su abuelo en medio de exámenes en pleno país extranjero. A mí, ya los cuentos chinos no me sorprenden, pero el cuento de Chuny es uno de esos que hay que contar. Chuny era así: molestoso con chavienda, pero el zángano no mataba ni a una mosca. Tenía que venir una misma mosquita pa' que cayera como copitos de nieve en pleno invierno. ¡Ay, mi madre! Pues entonces, ya qué, mejor les cuento.

El Chuny era de esos chamacos que se creen malos, pero tienen el corazón más mela'o que chocolatito en San Valentín. Tenía una madre, pero ningún padre, y tres hermanitos menores por los cuales él decía hacerse cargo. Pfft, y que hacerse cargo con menos de cuarto año y mitad de un diente delantero que se reventó en pleno juego de baloncesto a los once años. Comoquiera, era un nene lindo y con un carisma inigualable que, con todo y defectos, se llevaba par de suspiros. Los chamaquitos de hoy en día dicen que es que las nenas en lo que se fijan son en jevos sin futuro; pero se les olvida mencionar que esos "sin futuro" tienen más carisma que ellos, los que se creen que detrás de un juguete, un libro, una carta de Digimon -o qué sé yo- la muchacha le va a ver los dientes, ¡así sean chuecos!

Pues, mi Chuny, no tenía tan buena fama que digamos... era colga'o y medio mujeriego, pero te juro que tenía un buen corazón y siempre que había un problemita, él iba con sus pantalones medios caídos y *tennis* jordan a ayudar a to' el mundo, hasta a la vecina esa -sí, la que lo criticaba- a sacarla de un aprieto.

Mira, pues, va un día, y Chuny decide fijarse en la peor vieja que pudo: la hija de un policía. Claro, él no lo sabía, y no es que la vieja fuera mala, es que con la cara de pelao que tenía, Chuny no era el mejor partido pa' la chamaca esa. Y, yo me río ahora porque piénsalo, ¿por qué carajos se iba a fijar la vieja esa en un tipo como Chuny? Bueno, hay muchas razones: primero, tenía 16 años y el Chuny tenía 22, aunque parecía de 30; andaba siempre acicala'íto y con un flow de que tenía cinco niñas detrás; decía que tenía trabajo decente, que daba buena lana (lana dan las ovejas y él, granjero no era); pero, sobretodo, que cuando eres adolescente no hay mejor satisfacción que llevarle la contraria a tu papá-especialmente cuando papi no te quiere comprar el juguetito o la pulserita que quieres. ¡Coño, mija! Tu papá es policía no político, ¿no sabes que hasta la pensión la ha tení'o que sudar?

Pues el Chuny se enchuló de esa nena como con ninguna. Movía cielos y estrellas por ella. Ella no le daba mucho pie con bola, pero, como veía que el bobolón ese movía el rabo pa' donde caray ella fuera, lo usó a su antojo. Él le consiguió la pulserita, con sortijitas, carteras, chocolatitos caros, to' la cuestión. Mientras que ella cada vez quería más, y al Chuny, con un part time en la panadería de la esquina, no le daba ni pa' darle una mecena a la mai, ni pa' estar endeudándose con Pandora (y no con los males de la tierra, aunque eso pareciese). Entonces, ahí es cuando empiezan los rumores, y que Chuny le robó a aquel y que Chuny le cogió a aquella. Y, ahora, por culpa de la fulanita, Chuny era ladrón. Había los que le querían meterle una pela y los que, ahora, lo respetaban más. Lo peor fue cuando la nena de papi siguió buscándole la vueltita al infeliz de Chuny y este, como sapo que quiere ser príncipe, brincaba la laguna por ella.

Que conste, que dicen, porque yo no vi na', yo solo escuché que ella le pidió que le metiera una prendía a un ex de ella que la seguía llamando. Yo solo sé que al bobo del ex lo encontraron en un callejón de mala muerte con una apuñalá', que lo reportaron a la policía los de sanidad que, por suerte, recogían la basura esa madrugada. Que el tipo estuvo bajo cuidado intensivo par de días, pero salió de esa, y que estaba ya en cuarto privado a lo que completaba la recuperación. Que lo interrogaron en pleno cuarto, le preguntaron que quién había cometido el asalto y él dijo que el Chuny. Yo ni sabía que el bobolón ese lo conocía, así, de nombre, y que asociaba una cara con ese apodo. Yo sí sé esto: 1. el Chuny bastante bruto que era, y, quizás, le dijo el nombre, 2. la princesita de papi, con ojeras detrás del concealer y pulseritas en mano, estaba en el cuarto con el ex cuando lo interrogaron, y 3. el Chuny andaba conmigo el día enterito que ocurrió la supuesta paliza.

A mi casa llegaron los guardias a preguntarme por el Chuny y por el bobolón que había aparecí'o casi muerto. Yo les dije la verdad, que el Chuny y yo habíamos salido a comer mantecado, a dar una vuelta por el pueblo y después habíamos termina'o en casa. Acho, ¡cómo se meten en la vida de uno esta gente! Querían saber si durmió allí, segurito la nena esa estaba celosa porque Chuny no le había lleva'o pandoritas ese día porque me andaba dando serenata. Puej, le dije la verdad, qué iba a hacer. Mi madre, que en paz descanse, ya se enterará que no llegué señorita al matrimonio, pero yo ya ni pensaba casarme.

Después que le conté al Chuny del numerito que había para'o en casa: se puso to' nervioso y hasta se puso medio gruñón conmigo. No sé si le molestaba más pensar que lo acusaban de un crimen o que le había dicho al papá de la princesita que él había esta'o con otra. Salió de mi casa y al día de hoy lo sigo esperando-- por eso él era, porque quien no te busca, ya no es.

Pa' hacer el cuento corto, ese día decidí ir al hospital a ver a la mosquita-princesa y reclamarle que dejara al Chuny en paz, que él tenía coartada y ya no andaba pensando en ella-- aunque fuera después de varios shots de whiskey. Cuando andaba preguntado por el cuarto del bobolón y esperando respuesta, escuché a una señora hablando, consternada le decía a la de al la'o el tremendo revolú del cuarto 184. Que ella escuchó, mientras acompañaba a la hermana, que la enfermera no paraba de contarle a la otra enfermera de turno de una parejita joven, de highschool, donde la muchachita andaba preñá y el novio en drogas y que disque el novio había caído en el hospital por tener deudas pendientes con los matones. Cuando por fin me habla la señora de la recepción y me da el número del cuarto (al que ella piensa le llevo los apuntes de la clase de ciencias-- lo bueno de tener 24, ser flacucha escurridiza con ojos saltones y parecer de 17), me dice: "184, mamita". Me quedé mirándola, como se miran los protagonistas en su primer encuentro en cualquier novela barata, pero buena. Me despierta el grito de la señora de antes, pobre vieja alborotera: "¡Ay, mija! Caras vemos, corazones no sabemos".

Que se rían

Sé que se ríen de mí. Sé que me miran y hablan a mi espalda. Lo siento. Lo observo; lo trato de obviar. Pero a veces es muy fuerte y decido ahogarme en mi miseria. Reclamarle. Pelear. Refunfuñarle. Gritar.

"Con
   quién
      hablas?"
         "Saliste ahora?
            O, estabas comiendo?"

A veces, me contesta. A veces, me reclama. A veces, no dice nada y me ignora; sigue caminando como si no me escuchara. Y el corazón empieza a agitarse. Mi respiración sube varios niveles. Trago y suelto un suspiro.

"Te estoy hablando".

Pero él sigue caminando hacia el cuarto dormitorio; como si nada. ¿Qué se cree? ¿Por qué no me contesta? ¿Estaría con ella? ¿O, será una nueva? No, no, no. No me voy a quedar aquí callada de brazos cruzados sin saber porque llegó tarde... otra vez.

"Te estoy hablando", le digo mientras entro a la recámara. Él se queda mirándome mientras procede a quitarse la camisa.

"¿Vas a empezar?", me dice.

"¿Cómo no voy a empezar? Te estoy hablando y me ignoras. Sigues caminando como si nada".

"No tengo deseos de discutir por tus celos sin fundamento".

"¿Sin fundamento?"

"Dije que no quiero discutir".

"Entonces, ¿por qué llegas tarde? Ni me avisas, no contestas mis textos".

"Fui a darme un trago. Hoy fue un día difícil en el trabajo. No estoy pendiente a mi celular 24/7". Procede a quitarse el pantalón y se tira a la cama. "Vente aquí conmigo y déjate de bobadas".

Lo pienso. Lo quiero. Pero no, siempre es la misma historia. Me enojo, reclamo y luego me doy. En consecuencia, soportar que hablen de mí; que me miren con cara de pena.

"Voy a ver un poco de t.v. y comer que debe estar fría la comida", me voy marchando y lo escucho reírse.

"¿Vas a comer? Si que debes estar enojada".

Inútil.

A veces. A veces, me ignora. En realidad, es lo menos que pasa, pero es lo más que me duele.

Compartimos amigos y conocidos. Una amiga fue quien nos presentó. Ella era muy amiga de él y me dijo que él estaba loco por conocerme... a mí, de hablarme... a mí, de invitarme...a mí, a comer, al cine, a charlar. Él es muy apuesto y la primera vez que lo vi, me cautivó. Me sonrió con trago en mano, y me dijo un cumplido. No muchos muchachos me hablaban, a menos que fuera de trabajo. No salía mucho ni tenía tantos amigos; prefería quedarme en casa cuidando de mis viejos que ya estaban mayorcitos. Pero había algo de él que me engatusaba; que me llamaba a querer más y más. En ese momento, no me fijé en todas las babosadas clichés que me repetía; ni en las miles de veces que el celular le vibró; ni en que iba demasiado rápido; ni que tenía demasiadas amigas; ni que nunca se tomaba fotos conmigo; ni que no le dijo a nadie que éramos oficial; ni que le molestaba que pasara tanto rato con mis padres... no, no me fijé.

Después de haber salido varias veces con él a donde frecuentaban sus amigos, me conocieron. Sus amigos siempre me han tratado bien... ¿Serán igual que él? ¿Sabrán algo que yo no sé? ¿Él le contará de algún otro romance? Porque aunque él me mire con cara de yo no fui, yo sé que hay algo más que simples tragos por demasiado trabajo.

Como la vez que vi los mensajes:
Sí, mi amor
carita de besito
¿A qué horas nos vemos?
carita babeándose

Él se bañaba y esta vez había olvidado bloquear su celular. Nunca me había dado con verificarlo, pero la notificación: *Nene, te extraño *besito* *besito**, me había llamado la atención; seguía buscando, leyendo y no podía parar. Él salió de la ducha y me vio aguantando el teléfono. Mientras se secaba el pelo me preguntó calmadamente: "¿Qué haces?"

"¿Qué es esto?", le reclamé.

"¿Qué es qué?"

"Estos mensajes de "mi amor", y "te extraño" a diferentes números".

Él se empezó a reír; el muy descarado. Y yo empecé a llorar... por supuesto que empecé a llorar: papel de víctima.

"Ay, no seas pendeja. Tú sabes que yo hablo así. Siempre he hablado así. A ti te hablaba así cuando nos conocíamos y no eramos nada", me dijo.

... ¿Será verdad?...
... ¿Puedo creerle?...
... ¿Tengo otro
remedio?...

Conozco a algunas de sus amigas. Algunas las he conocido en los encuentros de amistades a los que me lleva. Otras en las actividades de su trabajo. Algunas son muy lindas. Otras tienen una relación rara con él. Son todas de hola y beso. A veces no se saludan. Otras veces pelean, como amantes. ¿Me estaré volviendo loca? ¿Le estaré dando demasiada atención? Pero es que he visto los abrazos de unos cuantos minutos. A mí nunca me ha abrazado así en público, se ha sentado conmigo al lado de ellas y no paran de hablar... ni en casa reímos por tanta porquería. Porque mientras está con ellas, no me mira, no me tira el brazo, no me da un beso inesperado, ni me dice lo bella que me veo.

Pero, prometo, que no todo es malo. No siempre estoy atacada en celos, preguntándome quién es Fulana o Mengana. No siempre le estoy reclamando insistiendo saber donde se encontraba. Queriendo saber si estaba con alguien más, con alguien menos. A veces me da mi lugar, aunque sea en las paredes del hogar que construimos, aunque sea en lo privado... no, él, también, me da mi lugar en público, él me lleva a que lo acompañe a los eventos, a veces me toma de la mano, todos saben que soy su novia, ahora. No importa cuántas otras tenga, soy la novia, la mujer, la esposa. Y, es que en privado me hace sentir suya. Me hace masajes por todo el cuerpo, con cremas y velas calientes; me mima. Juega conmigo, compra fresas, chocolate, ¿a quién le importa que data al 2006? Me dice que me veo muy linda; que tengo el mejor cuerpo del mundo; que todos los chicos lo envidian porque está con la más bonita; que me ama; que nunca ha amado ni amará a alguien así; que me desea; que hay días que llega deseoso por estar conmigo.

Y le creo. Es que le quiero creer, le tengo que creer, ¿cómo no creerle? Si no fuera verdad, no me hablaría ni me tocaría así. Todos aman diferente. Otro, quizá, me amaría en público para que todos supieran que está conmigo, pero luego en privado no me querría así... porque no tendría la necesidad, porque ya me tiene a mí. Pero él me ama con locura, a su manera.

¿Pero, ama a otras? Es que no importa si ama a otras, porque primero me ama a mí. Vuelve a casa. Las otras lo mismo no pueden decir. Que me miren y que hablen. Sé que lo hacen ya. Que digan lo que quieran; no me importa. Yo me quedo con él... mío... no me quiero aventurar. No me interesa saber como otro me puede amar. Ellos no entienden, esos que hablan no saben, no conocen. Se llenan la boca pero viven de sus propias ilusiones y mentiras, también. Lo que otro me puede dar, también me lo puede quitar. Porque, escúchenme, escúchenme bien, es mejor malo conocido, que bueno por conocer.

El regalo

Hay algunos que dicen que a mí me robaron. Eso no es cierto. A pesar de que al principio no estaba de acuerdo con la idea, me convencí, a mitad, que era la mejor opción. A mi ma'i nunca le gustó la idea, ella no era muy amante de la señorita Carlota: decía que era muy prepotente pa' no ser tan bonita ni inteligente. Yo le decía que era rica y, que, no necesitaba más na'.

Todo empezó un día cuando le servía el té a la señorita, me dieron una jaquecas increíbles y tuve que sentarme antes de servir el azúcar. La señorita me miró raro, como si supiese mis secretos. Caminó a donde mí y me tocó la frente.

"No tienes fiebre", me dijo mientras bajaba su mano a mi pipa. "Le diré mañana al Dr. Vélez que te venga a verificar".

Me dio un susto... de esos que te empiezan por la espalda y terminan con una explosión de mariposas atrapadas en la barriga. Esa noche no dormí bien, pensando sobre qué sabía la señorita y qué le iba a decir el doctor. Lo que yo no sabía era que la señorita usaría su influencia para conseguir lo que la naturaleza nunca le dio (porque la zángana decidió quedarse jamona después de que su prometido la dejó por una pelá'). Eso hace el orgullo, probablemente, ligado con el dinero.

El Dr. Vélez me vio pero a mí no me dijo na', to' fue pa' la señorita quien pagaba las cuentas. Después de su primera visita, frecuentaba más la casa y cada vez que pasaba me checaba. La señorita dejó de pagarme la limosna, me dijo que vivir bajo su techo e ingerir de su comida era suficiente paga. Que ella le estaba pagando al Dr. Vélez por una visita mensual. Esos meses mientras el doctor me venía a ver, me daba mucha hambre, vomitaba más seguido, y me crecía la panza. Me estaba inflando, y la señorita más comida me daba. Después de llegar al quinto mes, la señorita me sentó a la mesa, me miró por unos minutos, y yo... ahí, calla'íta como la que no rompe un plato.

"Cruz, estás embarazada. Yo no sé quién te preñó, ¿me quieres contar?", dijo luego de unos minutos. Ahí estalló mi barriga otra vez. Respondí que no con la cabeza. Ella me miraba detenidamente a los ojos como si así pudiese leer lo que pensaba. ¡Maldita bruja rica! Acaricié un poco las palabras que había escuchado. Yo tenía a un bebito en la panza. ¡Anda!, cosa más mona que me había deja'o el Sr. Anselmo. Yo, con mis 16, no me sentía tan bonita, pero ahora con barriga iba a quedar más gordita-mujerón- y quién sabe, con mi bebito, hasta le podría agradar de verdad al Sr. Anselmo....

"Yo me voy a quedar con el niño", así dijo, calmadamente, la señorita: como quien consigue un tesoro y decide apropiarse.

"Señorita, usted no puede..." le dije en voz baja.

"No está abierto a negociación. Es dado. El bebé cuando nazca es mío. Yo estoy pagando tus cuidados", aseguró, con una paz envidiable.

No dije más sobre el tema, pero pedí permiso para visitar a mi ma'i. Me dio la tarde libre. Cuando le conté a mi madre, se puso furiosa y dijo hablaría con la señorita, pero nunca hizo tal cosa. Mi madre hablaba mucho y hacía poco; por eso había salido yo así. Pasaron los meses y el doctor frecuentaba la casa más seguido. Hablaba mucho con la señorita y, a veces, después de verme, se veía con ella. La pobre parece que andaba enferma.

Recuerdo, como hoy, el día que nació el que pudo haber sido mi niño. Sentí un dolor indescriptible... esta vez sí que me explotaba la panza. La señorita llamó como loca al doctor, quien llegó con la partera del barrio.

"Ay, tienes que ser fuerte: que es a mi hijo al que traes al mundo", me dijo al oído la señorita.

Pujé lo más fuerte que pude, y, por fin, mi pancita explotó. Le dieron una nalgada al pobre desgraciado y rompió a llorar... creo que lloró más que yo. La partera lo limpió y se lo entregó a su madre. Ella le susurró algo y me dijo que me marchara. El doctor la convenció de que me dejara descansar por tres días. Mientras descansaba veía cómo las nuevas criadas- alborotadas y gozosas- planificaban una fiesta. La señorita Carlota y el Dr. Vélez invitaban a todos a conocer a su criatura que abría sus ojitos para conocer al mundo, José Miguel- nombre de caballero llevó el pelado.

A los tres días, la señorita vino a verme con una bolsa llena de cosas. Me miró, no recuerdo si era con cara de pena o disgusto, respiró hondo y me dijo: "Aquí te traigo tus cosas. Estas últimas semanas estuviste muy floja, más tuviste tres días libres y tuve que buscar criadas nuevas. Te traigo tus cosas y te doy una limosna de 4 pesetas. Vete y por aquí no vuelvas".

"¿Me puedo despedir?", le pregunté.
"Aquí usted no tiene que despedirse de nadie", impuso.

Cogí las pesetas con la bolsa y me puse en marcha. Ya había invitados en la sala, y todos me miraban. Uno que otro intercambiaba comentarios. Vi a José Miguel, de lejos, mientras una criada le cantaba. Mientras cruzaba la puerta para llegar afuera, vi al Sr. Anselmo quien me dijo: "¿Por qué no me buscaste, Cruz?" Yo ni me atreví a mirarlo y seguí caminando.

Después de mi despedida, en el pueblo se empezó a comentar que la señorita me corrió porque yo había tratado de quitarle al pelado. Pasado un mes, me mandaron a buscar de la casa de la señorita. Les dije que yo allí no componía na' y que mejor me quedaba sirviendo a otras doñas. Mandaron a par de muchachos mal vestidos y traposos, hasta que llegó un día a la puerta de la casa de Doña Leria, el Sr. Anselmo. Se me paralizaron hasta los pies cuando lo vi.

"Cruz, mi niña, Carlota la ha mandado a buscar. Quiere que vuelvas a la casa. Creo que te serán buenas noticias", me dijo.

"Pa' qué me quiere la señorita si me sacó a patadas y le dio de qué hablar al pueblo. Doña Leria es viuda y no tiene ni un perro, por eso se apiadó de mí", le contesté.

"Muchacha de mi corazón, puedes tener de vuelta a José Miguel. No seas terca. Carlota te lo quiere regresar. Es tu oportunidad. Yo les proveeré una chocita, más para el campo, que le sirva de refugio por los seres desdichados que son".
Yo tenía 16 y no era muy brillante que digamos, pero después de parir a un muchacho, a uno como que se le abre la mente un poco.

"¿Pa' qué me lo quiere devolver ésta? Si ella ni siquiera me dejó despedirme".

"José Miguel es ciego, Cruz", respiró hondo. "Carlota no para de llorar. Vélez se ha marchado con su secretaria y la ha dejado con ese mandado. Ella sabe que actuó mal y quiere enmendar su error".

Yo hice que sí con la cabeza, como quien dice: *entiendo, Sr. Anselmo*. Me solté una pequeña carcajada, casi entre dientes porque la presencia del Sr. Anselmo me causaba cierto temor. Devolver al niño después de saber que es ciego. Es con ojos sanos y yo iba a ser una madre más burra que una mula, no me imaginaba enseñando a caminar a un niño que ni sabe pa' 'onde va.

"Mire, Sr. Anselmo", por fin me digné en decirle, "con mucho respeto, y con todo el que se merece, dígale a su hermana que a caballo regalado no se le mira colmillo".

<<"Abuela, ¿cómo lo dibujo?"

"Hazle pelo riso".

"¿Qué más?"

"Ya, eso es todo".>>

...recordar es vivir...

La hermana

¿Alguna vez has amado tanto a alguien que darías la vida por él/ella? Suena a libreto de telenovela barata. Tú no puedes amar a alguien a tal punto de entregar tu vida por esa persona. Ahora suena a mensaje bíblico. Ambas prosas rechazadas por muchos. Pero, es que si nunca has amado con locura no podrás entender a lo que me estoy refiriendo. Te explico, me refiero a esas fuerzas que nacen de tus entrañas, que se cuelan en tu diario vivir como gotas de aceite en el agua hirviendo que espera arroz crudo. Y no solo hablo de ese amor que denota a lo sexual. Hablo de ese amor puro que nace por necesidad; porque es lo que conoces. Como cuando llegaste al mundo pegando gritos, abriste los ojos chinos envueltos en mucosidad y solo viste sombras, y una que otra de esas sombras se convertirían en lo que ahora conoces como tu familia; para bien o para mal. Y aprendes a quererlos, con todos sus defectos. Y aprendes a odiarlos, por todos sus defectos. Pero al final del día gana el amor, porque somos seres con necesidad de afecto, y, especialmente cuando pequeños, es el único afecto que tenemos. Lo vivimos especialmente cuando el hogar se rige con algún tipo de violencia: violencia viva a gritos o violencia de la que calla; cuando hermanitos/as se pegan como chicle y te aseguras que si algún día te falta valor tienes otro ser que, no solamente en lo físico, se parece a ti y te dará las fuerzas para enfrentar lo que sea.

Yo crecí con mi madre, padre y hermana menor.
Nosotras, mi hermana y yo, éramos una, con solo dos años
de diferencia. Siento que toda mi vida la he conocido y es,
que, al menos, la vida que atribuyo a conciencia y recuerdos,
sí. Antes de los 11, ella estaba ahí, pecosita, divina, risueña,
juguetona y astuta. Era más atrevida que yo. Para mí que a la
primera hija le dan el antídoto contra la osadía que a las
segundas se les olvida darles. Ella siempre me admiraba, lo
sentía mientras crecía: cuando decía lo mismo que yo,
cuando su cuerpecillo se colaba en el espejo mientras me
llegaba la primera regla o cuando me ponía mi primer
brasier. Me llamaba con ansias el día después de
nochebuena: *¡Levántate! Que ya llegó Santa Clós.* Y, yo, la
defendía de todo mal, como toda hermana grande, la única
privilegiada de poder molestar a su hermana menor.
Hablaba con las maestras si ella tenía problemas en clase. Le
decía que las otras niñas solo estaban celosas porque ella era
más linda (pues era verdad). Ella era/es una de las personas
más bellas físicamente que podrás conocer. Su sonrisa hace
que cualquier cuarto desborde de luz. Sus ojos, te pierdes en
ellos, y, a veces, tienes que cambiar la vista. Tiene cuerpo de
diosa. Mi hermanita era todo lo que a mí me faltaba. Pero,
así mismo, mi hermana no era todo lo que yo tenía. Por eso,
creo, nos complementábamos tan bien.

Cuando yo tenía trece años, algo cambió, mi hermana,
con el crecimiento de sus pechos y la llegada de la
menstruación, comenzó, parece, a dejar que las hormonas
decidieran por ella. Se arreglaba más, pero sonreía menos.
Todavía me hablaba, pero ya no jugaba. Ya no quería
parecerse a mí. La ropa ya no podía ser como la mía. "Qué
mucho te pareces a tu hermana", generaba una sonrisa vaga

como cuando tienes 9 y dicen que te pareces a tu madre. La admiración a su hermana se convirtió en un recuerdo de esta hermana mayor.

Cuando cumplí los 17, mi hermana me quería un poco más, como cuando eramos chicas. Hablábamos de chicos, de ropa, de la escuela, de todo, como mejores amigas. Mi hermana sonreía menos, pero hablaba más. Hay veces que, sin saber, sabemos por qué se apacigua una sonrisa, pero eso es para otra historia. Yo le ayudaba con sus tareas, le maquillaba los ojos para sus salidas. Ella me prestaba su falda nueva y los zapatos que ya no quería, los heredaba de ella. Fueron muchas las noches que, muy tarde, me despertó, con un susurro al oído para decirme que la cama estaba llena de almohadas y que le abriera la puerta cuando ella llegara por si alguien la cerraba antes de ella llegar. Siempre me despedía con un beso. Yo la miraba, viraba los ojos y sonreía. Ella, luego, sonreía, con la sonrisa más pura y cercana a aquella de niña.

No sé qué pasa en todos los hogares de hermanos... si por fases nos amamos mucho, nos convertimos en cómplices y luego, nos entregamos al abismo y ya no nos queremos igual. No recordamos las noches que compartimos la cama porque mamá y papá gritaban muy fuerte. Las veces que le gritamos a otro niño porque éste le había gritado al otro. Si ya no tenemos en cuenta la comida que nos guardamos porque sabíamos que la otra no estaba en casa en ese momento. Las lágrimas que compartimos cuando nos partían el corazón y solo conseguimos consuelo en la otra. Las escapadas de noche por la puerta trasera y el decir: "está dormida en la cama", cuando tu papá preguntaba. El "toma $20 y no te preocupes". Los abrazos de par de minutos que pedíamos porque sí, o después que un chancletazo de tu mamá, para encontrar confort en la otra. Los dolores de los que ambas éramos protagonistas. Las carcajadas de una hora en el sillón de la casa, sin zapatos y en shorts. Los días, las horas, las noches, la vida en común...

Después de la adolescencia crecimos, como crece todo ser humano; sobrepasa la etapa más difícil e incómoda de los teens. Yo me casé. Ella no. Yo me fui de la casa. Ella casi. Yo trabajaba hasta largas horas. Ella también. Hablábamos por teléfono y texto frecuente. Nos contábamos del día, del trabajo, de los amores... Mi esposo viajaba, y yo aprovechaba para tenerla conmigo. Vivíamos como hermanas, como cuando chicas. Aun para nuestra poca diferencia de edad, nuestras vidas eran muy diferentes. A veces salíamos juntas, pero más veces que no, ella salía sola o con otras amigas. Mi esposo seguía teniendo viajes de trabajo, pero las visitas eran menos. Ahora había otras amigas, otros intereses. Tenía 13 años otra vez.

Recuerdo una tarde de junio, después de llegar del trabajo recibir una llamada de ella. Lloraba desesperadamente. Estaba mal. Tenía mucha presión. De nuevo, había vuelto a vivir con mami y papi, el dinero no le daba. El trabajo ya era insoportable, pero dejarlo no era una opción. Llegó hasta casa, hablamos largas horas. Recordamos nuestra infancia, glorias y tropiezos, y dormimos juntas hasta que cantó el gallo y me desperté. Miré el reloj, eran las 4 am. Mi hermana no estaba. La llamé. No contestó. Salió el buzón de voz. Le pedí que me llamara. Tenía mensajes de mi madre preguntándome por ella. Por el ajetreo de la noche había ignorado mi teléfono. Le contesté a esa hora que mi hermana había llegado hasta mi casa. A las 8 de la mañana mi hermana llegó.

>>¿Dónde estabas? << Le pregunté
>>Salí. Necesitaba despejarme. << Me contestó.
>>¿A esa hora?
>>Sí, ¿por qué?

Le di un sermón. La hora. Mis padres. La madurez. El olor evidente a alcohol. El manejo de un vehículo bajo el estado de embriaguez. El trabajo. La responsabilidad. Ella solo miraba al vacío; oyendo sin escuchar.

El episodio volvió a ocurrir par de veces más. Demasiadas, si soy honesta. Queremos querer tanto que olvidamos cómo es que se quiere de verdad. Un día llegó a casa, tomada, hablando incoherencias. Gracias a Dios, mi esposo andaba en viaje, esta vez también. La dejé en el cuarto de huésped, después de un baño con agua fría. La arropé y vi una sonrisa de esas, de las de niña, de las de aventurera, de las que me daba mi hermana en su modo real. Le besé la frente y me prometí que no volvería a pasar.

Al despertar la próxima mañana le informé que era la última vez que podía llegar a casa sin avisar y más si estaba en el estado en el que llegó. Esta vez me escuchó, pero no me dijo nada. Sus ojos eran cristalinos, pero hace tiempo veía sus ojitos igual. Me dijo con la cabeza que sí, y se fue. Cuando llegaba a la puerta, yo estaba con el corazón roto; ella se giró, me miró y me sonrió, como me sonrió en la noche, como me sonreía cuando se marchaba en las noches en nuestros años

de teens, como sonreía cuando jugábamos chico paralizado a los 7 años, me sonrió y mi corazón estalló en mil pedazos. Le sonreí para atrás y le dije:
>>Cuídate, por favor, necesitas ayuda.
>>Hay veces que nadie te puede ayudar.
>>Te equivocas.
Pero ella ya se había puesto en marcha. Me senté en el sofá, tragué y lloré.

No sé qué pasa con los demás hermanos... si pelean y se contentan. Si algunos dejan de hablar un día, y ya no se vuelven a hablar. No sé si los enojos son temporeros como un catarro o definitivos como una enfermedad terminal. No sé donde deciden que se pueden amar para siempre, o cuando se dejan de amar. Cuando admiten que le han fallado al otro o cuando admiten que se han fallado a sí mismos, y por consecuencia han sido propulsores de la controversia. Cuando es justo un perdón, un abrazo, una caricia, un insulto, un cantazo, un te lo dije, un grito, un beso, una lágrima, un perdón.

Hace 27 años que mi hermana y yo no hablamos. Solo me queda de ella, su sonrisa picosa que era difícil sacar. Yo no le hablaba de ella a mi madre, y mi madre no me la mencionaba. Pero mi madrecita siempre me lo decía: *No se puede guardar tanto rencor en el corazón*. Mi padre también me lo recordaba siempre: *Hay que aprender a perdonar*. Mis padres ya no están en la edad para que los hijos no se hablen, en especial, cuando mis padres ya no están. Hay tantas veces que añoro una caricia y un abrazo, a alguien a quien contarle del vestido feo que se puso la de Finanzas o que la abogada se está acostando con el de gerencial. Es difícil vivir sin saber dónde alguien está, si está bien, si está mal. Compartir con alguien que es la purita misma persona que tú. Porque a fin de cuentas, ninguna quiso mirar atrás. ¿Se murió por el alcohol? ¿Se murió por la soledad? Porque mi padre lo decía: El que no coje consejos, no llega a viejo. Y ninguna envejeció, en el recuerdo de ambas.

La madre

No hay mucho que decir del pasado cuando ha sido brumoso. O mejor dicho, no hay mucho que se quiera decir. Naces donde el hospital te mande, si un doctor tuvo partida en tu nacimiento. Aunque hoy en día las equivocaciones son mínimas y los que te procrearon, pues, son esos-- los que están sentados en el sillón de la sala, con los ojitos cristalinos de tanto tiempo pasar mirando el televisor, quietos e inmóviles; si, solamente, así dejaran la lengua. Si solo así fuera la mano que desata la correa; inmóvil-- inerte-- inalgo siquiera. Pero no, el pasado que no deseas recordar lleva correitas con filo y un volcán de palabras que terminan atornilladas en tu cerebro como clavo en panel en pleno aviso de huracán. A mí me enseñaron a que me mantuviera callada y, después de vieja, no hay quién me abra la boca.

Todo comenzó cuando mi madre le abrió las patas al primer inútil que le dijo que la sacaría de la casa de mi abuela; lo más probable mi abuela era igual de pendeja que ella. Mi madre siempre cuenta como mi padre le prometió una casa de tres cuartos- vaya mansión. Durante mis primeros quince años, vivimos en una covacha de un cuarto y medio y con mi pa'i compartiendo el sofá de la sala una que otra noche. Cuando cumplí mis 16, mi madre me regaló un mar de lágrimas y mi padre el largarse de lo que llamábamos hogar (mejor regalo que me pudiese haber da'o). Porque en esos quince años, me dio más correazos que abrazos: buena

53

para nada; no quiero más quejas de la puta de tu maestra; canto de vaga, vete a cocinar que tu mamá está echá y no hay mujeres en esta casa; traime los cigarrillos sin apretarlos, morona; porquería de mujer, tú vas a ser igual que tu madre... ¿y mi mamita? Calladita: enseñándome cómo debía comportarse una mujer.

Pero es que uno piensa que aquí termina, que mi padre se va y que la historia se torna en las chicas Gilmore. ¡Ja! Aquí el problema no se recostaba solo en mi padre. La ida de este, le entró un viento por las piernas a mi madre, como falda revuelta en días ventosos: se maquillaba más y las blusas bajaron par de pulgadas. Te juro que yo ni sabía que mi madre tenía tetas. Nos tuvimos que mudar a una covacha de un solo cuarto y compartir una cama-- porque mi padre, así inútil como era, mantenía la mansioncita. Compartí la cama con más machos y brincos junto a mi madre, que con los que he compartido en mi vida adulta o en mis días medio felices cuando niña en los inflables. Hubo uno que otro que trató de hacerse el listo y se le colaba una mano por las tetas, que yo bien sabía no habían, debajo del camisón gigante. Y mi madre, ahí sí que gritaba: con ronquidos de oso como en los bosques de los gringos.

Solo traje un novio a la casa, que espanté con el perfume de mi madre y sus piropos ridículos. Aquí sí que se hubiese quedado callada. No volví a presentarle a ningún amigo-- porque aquel fue el único que consideré algo-- y nunca, ningún amigo me preguntó por mi madre.

Pero, y, ¿por qué en este día, que digo que no hay mucho que recordar, de momento, me acuerdo de todo; por qué decido darle una vueltecita al tiempo? Pues, ver a tu madre en un féretro, con los labios pintados como esas noches atrás y con un traje que hace tiempo no usaba, te hace recordar aquellos días. Porque verla, por fin, inmóvil, inerte-- y no ver así a tu padre-- te hace recordar que en su vida ella fue así la mayor parte. Porque te hace recordar su mirada, cuando la visitabas al asilo y te miraba con ojos tristones porque la enfermera de turno solo chingaba al jefe y a ella le pasaba doble del medicamento pa' que durmiera más rato. Porque te acuerdas de su perfume barato, con el que espantó al que pudo haber sido el amor de tu vida, ahora ligarse con el orín de varios días porque la otra enfermera de turno andaba pintándose las uñas y bebiéndose un café con la revista del mes. Porque te hace reflexionar que en ti ves a tu madre; y, su silencio de tantos maltratos, ella se los lleva a la tumba-- los tuyos y los de ella. Porque te recuerda, a la abuela, enemigo número uno de tu madre, sentá' en el sillón, sin dientes, pero chispeateando con dificultad: Cría cuervos y te sacarán los ojos.

La abuela

A mí no me gusta hablar mucho de mí. Me da como un nudo en el estómago y siento deseos de devolver. Porque la persona o el grupo de personas, a quien/es le hablas, se quedan mirándote, observando cuidadosamente qué dices; como si fueras muy prepotente o muy pendeja. Pero hay veces que uno se tiene que poner los pantalones en su sitio, como dicen, y abrir la boca. Aunque sea para hablar de uno porque, aunque nos creemos únicos, en este mundo tan grandote debe haber como seis o dieciséis más yo por el planeta. Por eso, he decidido contarte mi historia, porque aunque queramos o no, siempre las desgracias se repiten, aunque en diferentes cuerpos. Mi abuela me lo tenía bien dicho. Ella siempre me contaba de sus años de novia con mi abuelo, cómo todo sucedió tan rápido, cómo abuelo era 8 años mayor que ella, pero era trabajador y tenía un caballo, ¿qué más podía ella pedir? ¿Amarlo? El amor se aprende. Sin embargo, la comodidad y la buena costumbre no se consigue de a poco. Y, si te enamoras, de esos amores infalibles, buenos mozos, casi inalcanzables, pero tuyos, terminan en la conformidad... esos amores son peores que los de mi abuela. Porque mi abuela entraba sabiendo lo que se avecinaba, pero en esos amores no sabes lo qué te espera.

Mi abuela se emparejó a los 15 y se casó a los 18. Se enamoró a los 60.

Yo me enamoré a los 24 y me emparejé a los 26. Me casé a los 30.

Mi abuela tuvo 8 hijos. El último a los 40.

Yo tuve dos hijos. El último a los 35.

Mi abuelo no sacaba a mi abuela a bailar. Mi abuelo trabajaba hasta tarde en el negocito. Mi abuelo iba a misa todos los domingos. Mi abuelo le traía flores a mi abuela en su cumpleaños. Mi abuelo salía a beber, a veces, con sus amigos. Mi abuelo nunca le fue infiel a mi abuela.

Mi esposo me sacaba a bailar... cuando éramos novios y recién casados. Mi esposo trabajaba mucho, y hasta tarde... para mantener la familia. Mi esposo iba a misa, si iba conmigo, por complacerme. Mi esposo me traía flores en San Valentín. Mi esposo no salía a beber... al principio, pero con el pasar de los años, las salidas con colegas incrementaron su frecuencia. Mi esposo nunca me fue infiel.

Mi abuela preparaba almuerzo y cena todos los días. Mi abuela no trabajaba fuera. Mi abuela cuidaba a sus hijos, eran su todo y su razón de ser. Mi abuela veía a mi abuelo como el fuerte donde se sostenía el hogar. Cuando los hijos iban creciendo, veía a mi abuelo como un compañero de vida, el viejito que no dejaría sola a esa viejita.

Yo preparaba la cena todos los días. Yo trabajaba fuera al principio, cuando los niños nacieron, dejé el trabajo. Cuando comenzaron escuela superior, comencé a buscar un trabajo de medio tiempo. Mi esposo era mi amante, mi amigo, mi confidente. Entre más los años pasaban, más se alejaba mi esposo. Yo quería que él fuera el viejito que no dejaría sola a esta viejita.

Cuando mi abuela cumplió sus 58 años y su hijo menor consiguió novia, ella me contaba que sintió una paz. Sus hijos ya estaban grandes y buscarían rumbo en la vida. Mi abuela le dijo a mi abuelo que no trabajara tanto, que llegara más temprano. Empezó a leerle en las noches los cuentos que ella imaginaba cuando estaba sola en la casa. Mi abuelo sonreía, creo que no sabía que su mujer estaba tan loca. Se convirtió en costumbre, mi abuelo llegaba, mi abuela le sacaba un whiskey, un iced tea, un café, lo alternaba (que buenas eran las sorpresas) y mi abuela se sentaba en el balcón a leer, estuviese mi abuelo o no. Él siempre llegaba y se sentaba junto a ella, con una sonrisa que le mostraba los dientes y los cuatro que le faltaban. Mi abuela se sentía joven, aventurera y no necesitaba salir más lejos que del balcón de su casa. Ahí fue, me contó mi abuela, que se enamoró. Solo bastaba una sonrisa y que acabaran el trago del día.

Cuando cumplí mis 58 años, mis dos hijos andaban en la universidad. Yo trabajaba en un part time de una tienda de ropa y llegaba a una casa vacía. Mi esposo trabajaba duro. Un día, recordando a mi abuela, cuando mi esposo llegó a casa le dije que trabajara menos, que llegara y disfrutaramos del mundo, de nosotros. Me dijo que él no sabía hacer otra cosa q no fuera trabajar. Que con los nenes en la universidad, ¿cómo iba a parar él ahora? Le di una de mis mejores sonrisas, recuerdo, y le di un masaje en la espalda. Él accedió. Desde ese día llegaba una hora más tarde. Ahí fue, te cuento, que me di cuenta que ya no estaba enamorada. Solo bastó una sonrisa y un gesto inconcluso.

Mis días en soledad los comencé a nutrir escribiendo historias y pensamientos que había dejado la abuela. Empezamos a tener conversaciones en mis historias. Una de las conversaciones que más recuerdo fue cuando cumplí 63 años y ya mis hijos habían formado sus familias. La soledad me comía por dentro. Me quería ir. Mi marido aún no se retiraba. Cinco años más, ¿harían la diferencia?

Le escribí a mi abuela:

Abuela, abuela, abuelita. Qué lindo tienes el pelo hoy. ¿Te están retocando en el cielo? Ay, abuela, yo aquí estoy en el lugar que tu estuviste en tus primeros años de relación con abuelito. Bueno, abuelo siempre estuvo interesado en ti, pero tú no en él. Y así estoy yo desinteresada, con ganas de irme. Ya soy una vieja. Pero aún estoy joven. En estos tiempos muchas mujeres de mi edad deciden reinventarse. Necesito un consejo, ¿qué hago, abuela?

Mi abuela no tardó en contestarme:

Ay, mi niña qué alegría volver a escuchar de ti. El pelo lo tengo igual, blanquito como la nieve. Pero, pioja, tanto sufrimiento; qué mal me hace. Mi amor, tu abuelo si siempre estuvo interesado en mí, como dices, y aunque yo no estaba perdidamente enamorada de él cuando me casé, sabía que era un buen mozo y me aventuré. Cuando entré en edad y vi que necesitaba algo más que simplemente ponernos viejos juntos, volví a esos días de juventud como cuando él me enamoraba. Eso tienes q hacer tú. Si no, te tienes que ir. No te puedes quedar aferrada a un amor platónico que ya no es. Eres aún joven y puedes conseguir quien te acompañe. Si no, qué mejor compañía que la tuya misma. Enamórate otra vez, vive y disfruta. Te quiero.

Mi abuela decía que lo intentara. Pero si hace cinco años andaba tratando. Ese día decidí irme. Se lo dije a mi esposo con maleta en mano. Creo q nunca se lo esperó, le cambió la cara, pensó que tenía a otro y lloró. Hace tiempo no veía a mi esposo llorar.

> *Quédate.*
>> Me dijo.

> *Pero, ¿qué cambiará?*
>> Le dije.

> *Todo.*

Seguí caminando hacia la puerta. El corazón se me quería salir de sitio. Sentí los abrazos, los besos de novios, los gritos de parto, las discusiones por tonterías, los platos fregando, el aceite hirviendo, la sangre fría.

> *Quédate.*
>> Me dijo.

Paré el paso.

> *¿Qué será diferente?*
>> Le pregunté.

Llegaré más temprano.
Hablaremos más.
Iremos de nuevo a bailar.
No saldré más a tomar. O te llevaré conmigo.

Respiré hondo. Viré. Esta abuela mía, aún, así muerta y en mis pensamientos siempre sabía qué hacer. Ese día que decidí irme, también, decidí darle una oportunidad. Las cosas cambiaron, él llegaba más temprano, salíamos más, éramos jóvenes otra vez. Pero así como todo era tan lúcido la primera vez y comenzó a perder el color con el pasar del tiempo; volvió a ocurrir otra vez. No tomó 20 años, solo bastaron tres. Que pasen tres años a los veinte años no es nada, pero que pasen tres a los sesenta es una eternidad. Ya no tenía las energías para pedir, para pelear, para marcharme, para querer a alguien, para quererme a mí. Me quedé. Porque qué triste era el pensamiento de envejecer sola. Qué triste era el pensamiento de encontrarme en una casa techada, encerrada, sin ruidos, ni un perro ni mis hijos, ni un beso en la frente, ni un "ya está el café listo".

El silencio dolía.

... pero lo que no sabía era...

Que el ruido dolía más.

El ruido se pierde. Desvanece y no se construye. En el silencio hay esperanza... de que se escuche un sonido. El ruido no deja que se escuche otra cosa. Él estaba ahí junto a mí, pero yo estaba sola. A fin de cuentas, me ocurría lo que más temía, envejecía sola. Y me acordé de mi abuela: *No te puedes quedar aferrada a un amor platónico que ya no es. Eres aún joven y puedes conseguir quién te acompañe. Si no, qué mejor compañía que la tuya misma. Enamórate otra vez, vive y disfruta.*

Enamórate otra vez. Mi abuela no hablaba solo de un hombre. Mi abuela no solo hablaba de mi marido, o de un don juan nuevo; abuela, también, hablaba de mí. Tenía que enamorarme de mí. Mi abuela pudo no amar con locura a mi abuelo al comenzar su relación, pero lo amaba con entendimiento, con conformidad. Yo, a mi marido, lo amaba con locura, con pasión, conmigo misma. Sin él yo no era. Estaba equivocada. Qué mucho hay que compadecer para entender cosas tan simples.

Es por esto que en mi soledad ahora escribo. Escribo de mí. Aunque odie escribirlo, que me escuchen mis furias, mis dolencias, mis corajes. Porque hay quien las necesite de a deveras. Que no idealicen un escrito de su abuela y lo interpreten a su manera. Por eso, mi niña, nieta mía que me lees, escucha. Un hombre te puede dar las mejores cosas de la vida. Procura tu dárselas para atrás, ser complaciente. Pero, ojo, busca que te complazcan y, complacerte tú misma. Ámate, mímate, respétate. Ningún hombre puede hacer eso por ti. El amor puede ir y venir. Pero se construye. No está afanado solo en momentos de locuras invertidos en pasión carnal. Está en la atención, en los detalles, en los atardeceres, en las historias contadas y las sonrisas sacadas. Cuando decidas entregarte a otro ser para ser amada, hazlo de tal manera que te devuelvas tú misma el favor de amarte. No te conformes. Si no funciona, déjalo ir. No te aferres. Olvídalo. Continúa. Si estás contigo, sola no puedes estar. No vuelvas para no envejecer sola, y aún así acompañada, mueras sola de vieja. Porque es que mi abuela tenía razón cuando en el

63

balcón de su casa, en el que enamoraba a su marido y se enamoraba a ella misma, me decía: ay, mi cielo, escucha lo que te digo, porque más sabe el diablo por viejo que por diablo.

<<*"Abuela, ¿hasta qué grado tú estudiaste?"*

"Solo pasé hasta el cuarto grado, pero me gustaban mucho los números. Si hubiese podido estudiar, hubiese sido contable". >>

... la suerte es de quién la tiene...

La mirada

Todas queremos la vida que nos prometen los cuentos de hadas: el castillo, el príncipe, las sirvientas y la corona. Todas aspiramos a enamorarnos del hombre de nuestros sueños: amable, guapo, cordial y buen proveedor. Construimos sueños junto a él y vivimos nuestra vida encaminada a alcanzar una meta en común. Eso me pasó a mí. Me enamoré de sus ojos brujos y su tímida sonrisa. Me enamoré de lo que él quería ser: de sus ilusiones y conquistas. Hablaba de grandes cosas y, yo, de todos sus chistes me reía. Fue mi primer y único amor, y con él me casé.

No sé si es algo común en los hombres, que al casarse, pierden el afán de emprender. No sé si simplemente eso era algo común en él. El de soñar en grande, pero sin lograr alcanzar lo pequeño primero. Me inclino más por esta última. Nuestros años fueron madurando en "quisieras", la pobreza no es buena compañera. Cuando algo no salía bien, era mi culpa. Los gritos decoraban las paredes de la casa. Era un continuo mar de insultos enterrando el entusiasmo de aquel primer amor que un día fue.

Llegaban momentos de reconciliación, quizás le hacíamos a la carne un favor. En esos lapsos nos montábamos a los tiempos de ilusiones. Hablábamos de todo lo que podíamos alcanzar juntos. Remodelaríamos la casa, la venderíamos y nos iríamos a viajar. Montaríamos un negocio y ninguno de los dos tendría que volver a otro sitio a trabajar.

Engendraríamos dos hijos, una hembra y un varón, que nos ayudarían con los quehaceres del hogar y llevarían luego la tradición familiar. Tendríamos una luna de miel como se debe: explorando otros rincones del mundo. Contrataríamos un ama de llave y alguien que ayudaría en la finca. Compraríamos una casa en la playa, ya retirados, con los nietos corriendo y ahogando sus pies en la cálida arena. Sin embargo, nada se hizo realidad. Nuestra historia se concretaba en un diario cansado y sin recompensas. Yo trabajaba 8 horas con un salario mediocre, pero un poco mejor que otros, mientras él se la jugaba, término figurativo y literal. Le reclamaba, pero siempre había una excusa, un dedo con el que apuntar. Me carcomía el corazón y hacía la vida pedazos... poco a poco. Escuchaba sus lamentos y me agobiaba por ellos. Emprendíamos en el tira y jala, de tú y de yo y de nosotros y de aquel.

Pasaban los años, seguían los sueños inconclusos, el rompecabezas con piezas por doquier, el bizcocho sin harina, los bacalaitos sin bacalao, el amor incompleto pidiendo a gritos una resolución. Hablábamos menos y peleábamos más. Las discusiones se enfocaban en lo que era y lo que pudo ser; en la entrega vacía del otro a crear un ambiente que propiciara el éxito de ambos. A veces, las discusiones se teñían de moretones y quebrantos, por consiguiente, el corazón se cubría de carbón.

Y, así, el tiempo pasó hasta fijarse en el día de hoy. Treinta y seis años después de un sí en un altar con Dios como testigo principal. Lo veo paseándose por la casa. Qué deplorable se observa. ¡Cómo he llegado a odiarlo tanto! Me causa estrés: cuando habla, cuando come, cuando camina, cuando tose, cuando respira. Es como si hubiese hecho un contrato con el diablo para mortificarme. Solo recuerdo cuando éramos uno, y teníamos ilusiones. Parece estar tan lejos ese recuerdo. Y, aún, hasta este día, trato de apaciguar lo que siento y ser comprensiva, todo sea por mi paz mental; pero vuelvo al mismo lugar: a no sentir empatía por él. Termino ahogándome en un desespero indescriptible de querer gritarle que no me hable, que no me mire, de golpearle el pecho y reclamarle que me devuelva mis mejores días. Que ya con setenta y pico de años a nadie le interesa lo que tiene que decir, a nadie le interesa sus sueños que jamás irá a cumplir, a nadie le interesa lo que ya no será. Rompo a llorar. ¿Qué era lo que quería lograr a mis veinti tantos años de edad? ¿Qué era lo que anhelaba con tantas ansias? ¿Lo recuerdo? ¿Por qué ahora me deprimía en un lago de impotencia y rencor? ¿Por qué me prometió tanto? ¿Por qué me prometí tan poco? ¿Cómo llegamos a ésto? Sí, llegamos, porque estoy segura de que él siente lo mismo que yo. Pero ninguno de los dos se va. Ninguno tiene los cojones para levantarse de este viejo sillón. Solo nos ahogamos en el silencio, jurando que hacemos ésto por amor, porque es lo correcto, hasta que la muerte nos separe. ¿Por qué la mismísima muerte no ha venido ha separarnos? ¿Tendré que esperar así otros veinte años?

Vuelve a pasearse por enfrente de mí. Esta vez se me queda mirando como si supiera lo que estoy pensando. Me quedo mirándolo, fijamente, con mi mirada clavada en los ojos brujos que una vez llamaron mi atención. Trago de cantazo y mis labios permanecen perchados. Sigue mirándome como si quisiera decir algo o escuchar que le pregunte qué pasa. No le daré la satisfacción. Fruño más mis cejas y mi hocico comienza a detonarse. Voy a gritarle. Me he decidido: voy a gritarle que me saque la maldita mirada de encima. Abro la boca como gallo a las 3 de la mañana, pero antes de que salga de mi boca algún sonido, su cuerpo cae al piso con su mirada falleciendo en una triste melodía desafinada. ¡Pla! Suena el cuerpo, arrugado por los años, al caer. Sus ojos abiertitos.

"¿Está muerto?" Pienso, congelada en el instante más terrorífico de mi vida. Veo los ojos parpadear y se queja fuertemente por la caída. Veo como el viejo cuerpo se trata de levantar mientras me encuentro inmóvil sin poder reaccionar, como si observara una película de acción y el villano trata de recomponerse luego de una paliza. Sigue lamentándose mientras trata de levantarse, clamando a quejidos que le ayude la mujer que un día quiso, no obstante, no me puedo mover; juro que me quiero mover, pero siento que mis piernas y brazos también se han desmayado con él, en un último impune intento del destino de acabar con el lazo que nos une. Me empiezan a lagrimear los ojos como fuente de verano en la capital y estoy temblando. Él sigue su intento de levantarse, refunfuñando palabras que no comprendo, con los brazos cansados y débiles de los cuales una vez me apoyé. Logra ponerse de rodilla y una lágrima de sangre corre desde la esquina de su frente hasta su cuello, ahogándose en la camisa gris que lleva puesta.

Se toca la cabeza, me mira y chispea: "No puedo ver por un ojo, maldita sea".

Más no contesto y lo miro con los ojos llenos de lágrimas y la boca torcida.

"Solo le hablo a una pared" dice mientras se refuerza del sillón en el que estoy sentada.

Murmura dos o tres insultos y me vuelve a mirar como me miraba antes del incidente.

"Vieja, loca", se echa a andar nuevamente como si nunca se hubiese caído y todo hubiese sido el ensueño de mi fiable locura. Vuelvo a tragar y yo, también, siento dolor en el ojo que no para de lagrimear. *¿Ciego de un ojo, me dice?* Ciego de uno, ciego de dos, ciego de todos será. Porque él se cae, se levanta, sigue aunque se vuelva a caer hundido en chichones y dejándome con heridas abiertas. Yo, me quedo sentada, vencida en la confusión mezclando la verdad con la ilusión de lo que pudo ser o será. Y, ambos, en el relámpago de que comienza sutilmente la vejez, nos perdemos en el dicho de que no hay más ciego que el que no quiere ver.

Derechita, señorita

Es curioso cómo todos nacemos en condiciones ajenas a nuestra voluntad. Salimos de un vientre y conocemos un mundo que comienza a ser familiar. Pudimos haber salido de cualquier otro vientre... pero no, decidimos ese, o algo lo decidió por nosotros. Crecemos, y las doctrinas que se nos imponen vienen racionalizadas por los mayores que nos rodean.

<<Maravilloso, señorita>>

A veces, me pregunto: "¿qué hubiese pasado si yo hubiese nacido hija de Andrea?" Con un nombre tan bonito, cualquiera jura que ella, también, era de realeza. Si mi madre no hubiese sido la de los collares largos con la sonrisa ancha y la espalda derechita, quizás hubiese sido ella.

<<Cabeza alta, señorita>>

Pero cuando yo nací, ya Andrea estaba y mi madre sonreía. Entendía el mundo como se me presentaba: digno, pero frío, sabio, pero injusto, tierno, pero selectivo. Desde muy pequeña se me enseñaba a quién debía dar mis abrazos en público. Así, desde chica aprendí que hay amores que se tienen a oscuras y puertas cerradas. Mi padre siempre llevaba un gran sombrero. Yo juraba que guardaba secretos e iba a algún sitio a mostrarlos-- como un gran circo o un gran

73

mago; pero el único secreto que mi padre llevaba debajo del viejo sombrero era la calva. Era un señor encantador, que también llevaba la sonrisa ancha, pero su sonrisa se dirigía a más señoritas que a la propia madre mía. Cuando crecí me di cuenta que algunas de mis amigas, también, tenían amistad con mi padre.

<<Calladita, señorita>>

Bueno, volvamos a Andrea. Andrea era diferente. Era de esas mujeres que se encargaban de todo sin tener que decírselo. Tenía un aspecto dulce, pero corajudo. Siempre me peinaba el pelo con la mayor delicadeza, pero, aun así, con fuerza-- porque, ¡ay!, cómo estaban los enredos en esta cabeza. Cocinaba rico y hacía el mejor flan que hayas probado jamás. Cuando era pequeña la consideraba mi mejor amiga. Le contaba mis secretos, de mi día y ella siempre parecía interesada. Me daba buenos consejos, en especial cuando entraba a la adolescencia.

<<Cuidado, señorita>>.

Ella siempre dormía en el cuarto más pequeño--aún después de rogarle que se quedara conmigo. En las noches, no tenía que imaginarme que ella era mi madre--porque casi lo era. No es que mi madre no estuviera. Pero mi madre siempre tenía que estar sonriendo y Andrea me hablaba--en el acento más lindo, y que siempre fue normal para mí. Sin embargo, una amiga a los 9 me dejó saber que era diferente.

"¿Por qué ella habla así?", me preguntó.

"¿Cómo?", pregunté extrañada.

"Así... como cantando y traba'o", respondió como sin querer decirme.

No le dije nada, pues no entendía sus reclamos. No obstante, a ella no le habían cantado en las noches cuando las sombras de los árboles se colaban por la ventana, víctimas de los postes de luz reflejados en las paredes. A ella no le decían lo bonita que se veía con el traje inflado antes de ir a la misa los domingos. Tampoco, la defendían cuando comía de más o de menos. Ella no entendía, y era simplemente absurdo pensar que pudiera entender. Mientras iba creciendo, más me daba cuenta de que Andrea era mi amiga a domicilio. No salía conmigo-- por más que le rogara.

"A mami no le va a molestar que vengas. Ponte el traje rojo de la otra vez, 'endito...", ella se reía fuertemente. A veces imaginaba que se quedaba sin aire cuando reía así.

<<Paciencia, señorita>>

"Mami, ¿por qué Andrea no puede venir con nosotros?", le pregunté una vez a mi madre. Ella me miró anonadada como si nunca me hubiese escuchado hablar.

"Nena, pero, ¿para qué tú quieres que venga?", me contestó.

"No sé. Para que salga. Ella mas que sale a la tienda y a la misa los domingos".

"Ella no tiene que salir con nosotros. Ahora quédate calladita".

<<No llore, señorita>>

Nunca olvido la vez del traje rojo. Tenía unos 10 años cuando Andrea pasó por mi cuarto antes de acostarme para darme las buenas noches y asegurarse que me había cepillado los dientes.
"¡Vaya, Andrea! Y, ¿por qué tan guapa?", le dije.

"Señorita...", me dijo con voz de incrédula, pero con una sonrisa que mostraba sus dientes. Ella se hacía la que no quería escucharlo pero le había gustado el cumplido.

"¿Para dónde vas? Ya es hora de dormir", volví a indagar.

"Shhh", me contestó mientras llevaba la sábana justo a mi cuello. Me dio un beso en la frente y se fue. Ese día sentí un poco de miedo... miedo de que Andrea fuera a salir al mundo y le gustara tanto que se quedara allá. Andrea era mujer grande con ojos saltones y sonrisa pícara--- mirándola desde ahora, fácil tenía que tener unos cuantos pretendientes. Pero dejé de sentir miedo, porque Andrea ya no salió. No sé qué pasó ni a dónde había ido aquella noche, sin embargo, los próximos días después del traje rojo, Andrea tenía otra mirada. Terminaba todos sus quehaceres y se encerraba en su cuarto. Ni siquiera mi toque en la puerta la hacía reaccionar.

<<El amor, señorita>>

Cuando cumplí mis 15 años, mis padres organizaron una fiesta en la casa. Debía ponerme un traje rosado de mi bisabuela, que sería arreglado por una costurera de la familia. Todo el mundo estaría y tenía que bailar con mi padre y mi parejo (un primo segundo que había conocido ese día). Me parecía ridículo, pero mi madre insistía que este era un momento importante y ya pasaba a ser mujer. Por bailar un vals, ¿quién lo diría? Andrea me estaba peinando cuando le contaba de mi odisea.

"Vamos a escaparnos para el cine y nos olvidamos de este evento", le dije.

"Niña, tú, habla' como si no quisiera' esta fiesta. Tu va' a cumplir tu' 15 años. Tiene' que estar feliz", me expresó, quizás porque le salió del alma dejarme saber, en su jerga quisqueyana, que las fiestas, las quieras o no, son para estar feliz.

"La quiero, pero no quiero este traje. Parezco de los años sesenta".

"Uste' parece de lo' años de ahora. No diga tontería'. Uste' va a vestirse y salir. Derechita, señorita". Me aguantó la quijada y me dio un beso en la frente. No la volví a ver esa noche. Pensándolo bien, no sé si se quedó encerrada o simplemente salí y me olvidé de ella.

<<Derechita, señorita>>

Cuando cumplí mis dieciocho y me preparaba para salir a la universidad, Andrea todavía vivía en casa. Hablábamos menos. Yo había reemplazado sus pláticas con muchachas de mi edad y amores platónicos. La noche antes de irme para Río Piedras, mi maleta estaba en la cama. La abrí y vi toda mi ropa doblada junto con mi osito de peluche Puky. Sentí a alguien cerca y viré la cabeza para encontrarme con Andrea. Me miraba sonriente, como una madre orgullosa cuando su hijo se arranca su primer diente.

"Gracias", le dije. "No tenías que hacerlo. Yo iba a prepararla ahora. Es que buscaba el momento indicado", añadí.

Ella no dijo nada, solo me miraba. Sentí una pena y un pequeño vacío. Me sentía con traje rojo puesto y Andrea con 10 años temerosa de perderme. ¿Cómo eramos tan unidas y los años habían permitido que mi encuentro a la adultez nos separara? Fui a donde ella, le di un beso en la frente y un fuerte abrazo. Se me salieron las lágrimas y a ella también. Sollozamos un rato. Luego, ella limpió sus lágrimas y fue a servir la cena. Me senté en la cama, melancólica y con un poco de miedo a lo que venía.

<<Valiente, señorita>>

Me parece curioso cómo durante nuestras vidas infantiles nos vamos formando a lo que emplearemos la mayor parte del resto de nuestra existencia. Aprendemos a creer en Dios, o en la religión de nuestros ancestros. Nos inculcan el partido político y el valor del dinero. De chicos, podemos aborrecer a nuestros padres por las decisiones que toman, pero de grandes nos convertimos en ellos. No nos damos cuenta de esto inmediatamente. Necesitamos varios eventos particulares para darnos cuenta de tal cosa.

<<Seguro, señorita>>

Acelerando el proceso, han pasado quince años. Me casé y tuve una hija; pero cuando nació Gabriela decidí quedarme en casa. Además, el ingreso de mi marido bastaba. Planificaba sus cocteles, era la secretaria de sus negocios. Era pleno siglo XXI, sin embargo, me sentía mejor en mi rol de sonrisas. Necesitábamos ayuda en la casa porque mi marido y yo salíamos fuera a menudo.

Platiqué con una amiga:

"Nena, te lo estoy diciendo. Hazme caso. Desde que yo conseguí a Luz, mi vida cambió. Ella vive con nosotros de lunes a viernes, nos cocina, cuida a Mami y a Vitito. Así, Jaime y yo podemos salir a atender los negocios. Le pagamos 300 pesos al mes y ella no se queja", me dijo.

"Pero, ¿tan poco le pagas?", le pregunté.

"Sí, es que ella es dominicana y no tiene papeles. Es un amor. Yo te consigo una Luz, ya verás".

Mi amiga me consiguió una Luz, se llamaba Nidia. Era amable con Gabriela, hacía bien sus deberes. Convencí a mi marido de pagarle un poco más de 300 dólares. A pesar de la disposición de Nidia a ganar menos, no me parecía correcto. Nosotros teníamos con qué pagarle.

<<Justicia, señorita>>

Así pasaron cinco años con Nidia. Una tarde, cansada de las reuniones de mi marido, decidí salir con Gabriela al parque. Se vistió emocionada y venía de la mano de Nidia.

"Nos vamos a divertir mucho, Nidia", le decía. Comencé a reírme.

"Solo vamos tú y yo", le dije.

"¿Por qué mami? Nidia quiere ir", me reclamó.

"No, señorita, uste' vaya con su mamá. Hay ropa que lavar", le decía Nidia mientras Gabriela la miraba con tristeza y le soltaba la mano. Nidia se marchó.

"¿Por qué no puede ir?", me volvió a preguntar.

"Gaby, ¿para qué quieres que vaya? Ella no es familia. Vamos tú y yo", mi hija se quedó mirándome sin comprensión y mis palabras hicieron eco en mi inconsciente como cuando eres niño y gritas a los cuatro vientos en un espacio cerrado. Sentí un puñal en el corazón. Nidia era su Andrea; y yo era mi madre.

"Vete, Gaby, dile a Nidia que venga", le dije, y ella saltó como sapo y gritaba contenta.

Busqué el teléfono y marqué a mi madre.
"Alo", me contestaron.

"¿Andrea?", pregunté.

"No, es Altagracia. ¿A quién busca?".

"A la señora de la casa por favor".

Pasaron unos minutos. "¿Alo?", me contestó mi madre.

"Mami, bendición".

"Dios te bendiga, hija. ¿Cómo estás?".

"Bien, mami. ¿Dónde esta Andrea?".

"Ay, mi'ja, Andrea la dejamos ir hace unos añitos atrás".

"Pero, ¿por qué? ¿cuándo?".

"Ay, nena, pero qué antojos los tuyos. Hace unos años, no sé exacto".

"Pero, ¿por qué?".

"Porque ya no servía. Dios mío. Estaba enferma ya. Molestaba más de lo que ayudaba".

"¿Qué?".

"Mamita, ¿tú me llamas para preguntar por Andrea? ¿Estás bien?".

"Mami, ¿dónde está Andrea?".

"No sé, cariño. No le pregunté a dónde iría".

"¿No preguntó por mí antes de irse?".

Hubo un silencio.

"¡Mami! ¿No preguntó por mí?", le pregunté alzando la voz.

"No".

Otro silencio.

Empecé a llorar. Mi madre trató de consolarme: "Pero mi'jita, ella no estaba bien de la mente, no es como si te había dejado de amar, quizás ni se acordaba".

¿Se suponía que esto me tranquilizara? Mi llanto empeoró y me recosté sobre el piso. Nidia me encontró llorando y recogió el teléfono. No recuerdo qué sucedió después. Todo estaba grabado de manera empañada en mi mente.

<<Ojo, señorita>>

Es curioso cómo naces a una familia, a un apellido, a un estatus; cómo la vida, aún, con sus miles de opciones te las entrega sorteadas. Hay quienes dicen que todos jugamos a nuestra suerte. No importa las circunstancias-- tú puedes cambiar tu destino. Tú--yo-- soy dueña de lo que quiero hacer. Yo puedo romper con la norma. Superarme. Ser mejor... eso dicen. Es curioso cómo olvidamos con facilidad. Personas que ayer lo eran todo, hoy no son nada. A veces, me pregunto: ¿cómo no me pude dar cuenta? ¿Cómo fui tanta veces a casa de mis padres y nunca pregunté por Andrea?

Simplemente la obvié como en la fiesta de mis quince años. Andrea, mi mejor amiga, mi segunda madre, ahora sola vagando por algún rincón. Ahora sí que podía salir sin recriminación, sin sentirse demás. Andrea vivía para nosotros, para servirnos, probablemente con una paga injusta, sin beneficios. De seguro, justificaban su sueldo con darle vivienda y comida. ¡Claro! Eso hacía que la explotación se viese más bonita. En nuestro estatus social nos creíamos superiores. Aceptábamos dar menos, aprovechándonos de las circunstancias de una mujer que lo más seguro buscaba sacar a su familia adelante-- lejos de ella. Yo pude haber sido su aliada, su rescate pero me entrelacé en un maragullo de tonterías.

Ahora, sentada en esta silla del balcón del cuarto, después de tomarme un té preparado por Nidia (quien no permitiré que corra la misma suerte que Andrea), me doy cuenta que la ignorancia es atrevida.

<<Pa'lante, señorita>>

El proyecto

Yo he vivi'o to'a mi vida brincando de un proyecto a otro. Comienzo uno y me emociono. Me dan como cosquillas en la panza y le cuento a to' el mundo lo que quiero hacer. Mis sueños se convierten en rinconcillos de confort donde descansan las ganas y los miedos, y ambos emplean a viva voz una batalla a la que moldeo con el balance (a veces me conformo con pensar lo que quiero y otras veces me lanzo a lograrlo). Mi madre me dice que me enfoque en un solo proyecto, y que así lograré más; mi padre, que no pierda el tiempo y que me ponga mejor a trabajar.

Y, es que el problema no nace en el emprender en tanto proyecto, o en tener sueños que abarquen la vía láctea; el problema yace en la terminación, en el final feliz, en la conclusión. Me aburro y comienzo otra cosa que me emocione más. ¿Eso pasa con otras cosas, también, en la vida real? A veces, vuelvo a un viejo proyecto como el esposo aturdido que vuelve a su primer amor después de darse cuenta que su amante rampante era solo un capricho. Le dedico mi tiempo, alma y corazón a terminar este proyecto que ya había comenzado una vez hacía tanto tiempo. El esfuerzo se nota, comienzo a hablarlo, a contarles que esta vez sí que sí--tendrán en sus manos pronto el gran resultado del sudor y pudor de esta servidora. ¡Vaya promoción! Pero, como siempre, algo sucede. Se ofuscan los sueños, la vida no se detiene y vuelvo a mi status quo.

Me preguntan: "Pero has logrado mucho en tu vida, mi'ja. ¿Qué más quieres?"
Les sonrío, no digo nada. En mi mente, la respuesta: "Terminar algo que me haga feliz, a mí".

¿Por qué es tan difícil perseguir los sueños y tan fácil comenzar nuevos proyectos destinados a morir sin completar? ¿Por qué me concentro en cada detalle, pasando tardes enteras babeádome por un quizás con lazos y confetti y una sonrisa en la cara gritándole a todos los ahí presente: "¡contra, ya era tiempo!", pero fallo en ejecutar? ¿Por qué lucho por barrer, calladita, la escarcha que se sacude del deseo y esconderla debajo de la alfombra mientras la vida se emplea en una rutina agotadora? ¿Por qué empezamos y no terminamos? Plural-- porque estoy segura que no puedo ser la única víctima de este mal. ¿Por qué? ¿Alguien me puede explicar?

Es que... Dios me creó con ganas, discreta pero avispita. Me creó con agallas y sin filtro. Me obsequió con una mente: buena pa' par de cosas, indecisa pero deseosa; con carisma y voz de oradora para gritar a los cuatro vientos: "¡Venga, venga, este es mi proyecto!". Me hizo con infinitos sueños que se van moldeando en una olla de acero en mi cerebro: con coraje, y, aún así, con miedos. Sin embargo, aunque lleve más de la mitad de mi vida escribiendo, soñando despierta: pará' en una tarima cantando, leyendo, exponiendo o presentando; concluyendo proyectos inconclusos a los que le falta un último ensayo, una oferta paga, un poquito más de esmero, un chi de confianza. Hoy puedo decir a viva voz, sin micrófono, que... ¡concluyo el proyecto más anhelado desde que tenía catorce años! Y, es que querida/o que me lees: vale más tarde, que nunca.

<<"Abrígate que ya es tarde y después coges una pulmonía".

"Abrígate que hay sereno y tú andabas ayer con catarro".

"Abrígate, no seas terca, que hace un frío pelú".>>

...la tercera es la vencida...

¿Quién te escribe?

Michelle López es la escritora e ilustradora en los textos de LolaMento. Vive en Moca, Puerto Rico con su única hija. Es ingeniera de oficio, pero las tardes, y fines de semana, las emplea en dejar correr su imaginación y plasmarlo en papel. Es amante de la lectura y la dramatización. Le divierten los juegos de mesas y aquellos que se juegan en el carro durante viajes largos.

Made in the USA
Lexington, KY
26 October 2019